© DEL TEXTO: EL HEMATOCRÍTICO
© DE LAS ILUSTRACIONES: EUGENIA ÁBALOS
© DE ESTA EDICIÓN: NÓRDICA LIBROS, S. L.
DOCTOR BLANCO SOLER 26 - 28044, MADRID
TLF: (+34) 917 055 057 - INFO@NORDICALIBROS.COM
WWW.NORDICALIBROS.COM
PRIMERA EDICIÓN: MAYO DE 2023
PRIMERA REIMPRESIÓN: FEBRERO DE 2024
ISBN: 978-84-19320-84-1
DEPÓSITO LEGAL: M-11119-2023
IBIC: YBC
THEMA: YBC
IMPRESO EN ESPAÑA / *PRINTED IN SPAIN*
EDELVIVES (ZARAGOZA)

EDITOR DE LA COLECCIÓN, PASTO DE TIBURONES:
JESÚS FÉLIX SACRISTÁN
CORRECCIÓN ORTOTIPOGRÁFICA: VICTORIA PARRA Y ANA PATRÓN

BARBABUELA

El Hematocrítico

Ilustrado por Eugenia Ábalos

Nørdicainfantil

Mira este barco enorme surcando los mares.
¿A que es impresionante?

Vamos a fijarnos un poco, a ver si descubrimos
qué tipo de barco es.

Está lleno de cañones. Quizás los utilicen para lanzar cohetes en fiestas.

¡Tienen una mascota! Es un pajarito. ¿Será un barco veterinario?

¿Y esa tabla clavada en un lado?
A lo mejor les gusta saltar por el trampolín
para darse un chapuzón.

En el palo alto ese
tienen una cesta.
Quizás para tomar el aire.

Un momento…
¿Y esa bandera?
Veámosla más de cerca…

¡Una calavera con
dos huesos cruzados!

¿Cómo no me
había dado cuenta?
¡Esto es un
barco pirata!

Con su nombre de
barco pirata…
¿Y qué les veo a los
tripulantes?

Parches, garfios,
patas de palo,
barbas superpeludas…

¡Confirmado, son piratas!

Y están a punto de celebrar
una reunión pirata.

—Este mes hemos robado cuatro barcos diferentes. Tenemos que enterrar el botín o no tendremos sitio en el barco para más oro —dijo el famoso Capitán Barba Mala.

—Yo buscaré una buena isla —dijo Jack Salvaje.

—Yo me encargo de dibujar el mapa
del tesoro —dijo Mano Pocha.

—Yo prepararé el cofre y las palas.
¡Tenemos trabajo! —dijo Bestia Parda.

¡Riiiiiiing!

—¿Qué? ¿Cómo?
¡Por todos los demonios!
¡Maldita sea! Arrrrrrrr…

—¡Bestia Parda! —ordenó el Capitán—,
súbete al puesto de vigía… Esperamos visita.

—¿Quién viene, Capitán?

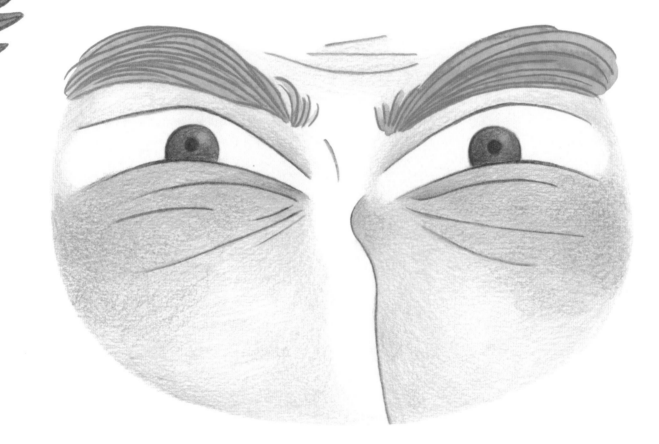

—Pronto lo averiguaréis. Y que
Dios se apiade de nuestras almas.

—¡Embarcación a la vista! —grita Bestia Parda.

—¿Quién la tripula? —pregunta el Capitán.

—No se ve muy bien. Deja que mire… Parece…

—Parece… ¿una abuela?

—No es UNA abuela —dijo el Capitán Barba Mala—. Es MI abuela. Y viene a pasar unos días con nosotros.

—¡Hola, Luisito!

Los piratas se quedaron con la boca abierta. Nunca habían oído el verdadero nombre de su capitán.

—¡Abuela! ¡En mi barco me llaman Capitán Barba Mala! —dijo, muy enfadado, Luisito.

—¡No me extraña que te llamen Barba Mala! Porque qué cosa más fea y peluda… ¡Con la carita bonita de bebé guapo que tiene mi Luisito!

Los piratas se habrían reído, claro. Pero no podían. Reírse de un capitán es salto a los tiburones garantizado. Aunque se llame Luisito y tenga cara de bebé guapo.

Los siguientes días fueron una batalla de los Piratas contra las ganas de reírse de las cosas que contaba la Abuela.

—Es una pena que tengas esa barba. ¿Sabéis cómo le llamaban en el cole? Mofletitos. Porque tiene unos mofletitos que son para comérselos.

—Eeeeeeh. Tengo que limpiar el cañón —dijo Jack Salvaje.

Resulta que los cañones tapan bien el sonido de las carcajadas.

—¿Te acuerdas de aquel día que lloraste en el parque porque perdiste tu osito de peluche? Estabas tan mono con esos mofletitos llenos de lágrimas, qué cosita linda mi bebé.

Nunca en El Temido tuvieron unos cañones con el interior tan reluciente como desde que llegó la Abuela.

Estar en el barco es muy divertido y la señora se lo pasaba pipa. Le encantaba asistir a todas las actividades piratas, y dar consejos, como buena abuela que era.

—¿No os parece que la cubierta resbala mucho cuando la enceras? ¿Por qué no ponéis periódicos para secarla?

—¿Otra vez carne asada con patatas para comer? ¿Por qué no preparamos una sopa de verduras bien calentita?

Poco a poco empezó a hacer también sugerencias para la decoración:

—¿Sabes qué puede quedar bien en esta estantería? Mis gatitos de porcelana.

—Pero ¿te has traído tu colección al barco?

—¡Claro! No me los iba a dejar solos
en mi casa a los pobres.

—Oye, Abuela, los chicos y yo vamos a ir a una isla a enterrar un tesoro. ¿Hasta cuándo piensas quedarte de visita?

—Pues la verdad es que no lo he pensado todavía. Me lo estoy pasando tan bien aquí que…

El Capitán Barba Mala no se podía creer lo que estaba escuchando.

—¡Venga, vamos de excursión a ver la isla esa! —dijo la Abuela—. ¡Preparo una merienda!

—¡Los piratas no llevamos pícnics cuando vamos a enterrar tesoros!

Los piratas no llevan pícnics cuando van a enterrar tesoros a una isla desierta, pero deberían llevarlos porque es superdivertido y delicioso.

La abuela había preparado bocatas para todos.

—¿Quién quiere zumo de melocotón? —preguntó, sacando unos briks para repartir.

—¿Tienes más fresas? —preguntó Mano Pocha.

—Acábate primero el melón y corto más.

Poquito a poco, la Abuela se fue mezclando
con la tripulación. Ya parecía una más.

—¡Un momento! —gritó la Abuela—. ¿Vais a subir al barco con esas botas llenas de barro? Lo vais a dejar todo perdido.

—¿Qué tonterías dices? —dijo Luisito.

—Tiene razón, acabo de fregar la cubierta…

—Pues no se hable más. En mi maleta tengo un felpudo que vamos a poner aquí para limpiarnos antes de subir.

—Pero… ¿también has traído un felpudo?

Los días transcurrían, y la Abuela continuaba a bordo. Poco a poco, las cosas de las maletas de la Abuela empezaron a aparecer colocadas por el barco.

Algún tapete...

Y plantas...

Muchas plantas...

Muchísimas plantas.

Un mes más tarde, la Abuela seguía ahí.

—¡Jack Salvaje! —gritó Luisito—. ¿Puedes venir un momento?

—Claro, Capitán. A sus órdenes.

—¿Puedes decirme qué llevas puesto?

—¿Esto? Claro. Es un jersey calentito que me ha regalado su abuela, Capitán.

—Mira, por esto sí que no paso. ¡Se acabó!
Ahora mismo haces tus maletas y te marchas.
¡Un barco pirata no es sitio para abuelas!

—Capitán…, ahora tenemos que preocuparnos de otro asunto más urgente.

—¿Qué puede ser más urgente que eso?

Un kraken. Un kraken es un monstruo marino y es una de las cosas más urgentes que existen.

—¡Oh, no! —gritó Barba Mala, que se sentía bastante Luisito—. ¡No estamos preparados!

Ellos no estaban preparados. Pero la Abuela sí.

—Pero… ¿qué está haciendo?

—¡Lo está machacando!

—Es increíble.

Los piratas quedaron estupefactos.

—Hay algo que os tengo que contar sobre mi abuela. Mi abuela no siempre fue una abuela. De joven, fue una de las primeras mujeres piratas de la historia.

—La llamaban Bonnie la Tremenda. Era el terror de los siete mares. Por eso está tan aburrida en casa y por eso no quiere marcharse de nuestro barco. Aquí es feliz —explicó su nieto.

—Pero, Capitán…, ¡no puede dejar que se marche!

—¡No! ¡Queremos a Bonnie!

—Arreglado, chicos. ¿Tenéis pimentón en el barco? Hoy cenamos pulpo.

Luisito suspiró. Y sonrió.

—Abuelita. Quiero hablar contigo…

Esto fue hace unos meses. Ahora la vida a bordo de El Temido es otra cosa.

Más bonita. Más calentita. Más agradable…

Pero, sobre todo, sigue siendo… pirata.

—¡Barco a la vista!

—¡Atenta, tripulación!, ¿todos listos?

—¡Sí, Capitán!

¡AL ABORDAJE!